まばたきで消えていく

藤宮若菜

新鋭短歌

まばたきで消えていく＊もくじ

寝ころんであなたと話す夢をみた　夏で畳で夕暮れだった

I

そのみずうみに浮かぶものたち

ふくらかな向日葵のくき手折りつつきみが子どもを産む日をおもう

夕飯のにおいだねって言いあって夏の人身事故処理現場

泣くことを許されている生き物の声が染みつく児童公園

夕立に濡れるスカート（わたしたちだけはこどものはずだったのに）

晦日《つごもり》になれば内膜は破れて鈍痛のなかのこれは鼓動だ

どうせまた公衆便所の片隅に詰め込むだけの血肉の残骸

ほんとうの話は全部やめたまま湿度百パーセントをつなぐ

手のひらに潰せなかった蚊の脚が揺れて、揺れ続けて、夏果てる

友達がびんぼうぐさと呼ぶ花を摘んでは母にあげた夕暮れ

地下鉄が地下を抜ければ窓際の頬という頬に涙があって

晩夏　きみがつくる目玉焼きの黄身はやわらかくなっていく　晩夏

ほんとうはそう思ってた。　ベランダでしずかに燃やす花火のことも

まだ誰もさわっていない吊革が西陽を吸ってゆれる鈍行

互いには満たしあえない空白としてぼんやりとうかぶ子宮よ

ひぐらしに耳は埋もれる　共有のブラウスをひとつひとつ畳めば

指先のポテチの匂いがなくならないうちに帰ってきてね約束

これは異性のための表情（待って）（もう行こうよ）（わたしたちでいたいよ）

裏道の室外機の陰ほそい肩にもたれて舐めとってく林檎飴

赤子という言葉を思う静けさのなかひたすらに赤を拭った

汚物入れに群がっている蝿蝿よ聞いてわたしも人が好きだよ

夏が終わったら起こしてね

She was beautiful　すべての愛のこと核戦争に喩えないでよ

死滅した魚のニュース眺めてる横顔のさきに降りだす驟雨

生まれ変わったら台風になりたいねってそれからは溶ける氷をみてた

ラブホテルへんなかたちのいすこれは胎児のかたち。ひかり滲んで

うろこ雲　だんだん落ちていく視力　大丈夫、ずっと生きていようね

ブラジャーの付けかた教えあった日のプールサイドのはるかなる笛

法律をぜんぶ守る、と思うときみのしずかな路上喫煙

部屋中にほとほと灯るそれぞれの秘匿あかるく手を握りあう

ひとの手ではじめて明滅する傘よ　きみがギターを売った夕暮れ

やわらかくなっていく指　ベランダにずっと落ちてるぱりぱりの蝉

純情商店街、雨、猫の交尾。夏の雷鳴をふたりで聞いた

わざと苦しいことしたい日があってフィルムカメラにぼやける笑顔

七月の純情祭りすくわれて破れなすぎて永遠かと思ったじゃん

愛には愛の夏には夏の静けさを　ソフトクリームがふるっと垂れる

空腹をたしかめあって離す耳　このまま井戸になってねむって

足裏のほくろにふれてしんしんとけれどたしかにかさを増す水

ラブホテルひろくてひろいお風呂場はどんな夜でも花火ができる

首すじのバターの匂い吸い込んでいつか少女であった日のこと

きれそうだなそろそろかなもうだめかもなって見ているだけの充電コード心。

やわいとこに隠しておく　霧雨のなかを駅まで走る

しんじゅう、と呟くきみのくちびるは解体工事の騒音のなか

はやめに死ぬかわいいうさぎ　お風呂掃除やめて　かわいがられて死ぬうさぎ

「戦闘機乗って死んだりしないから若菜が女の子でよかった。」

鳩死んでる。　って振り向いた頬ふくらかに潰れたような朱い夕焼け

はじけるように飛行機に手をふる子どもまぶしくいつか戦前になる

環七の事故渋滞の道端の誘導灯のあわい廻転

ぶっ殺すってグミたべて思う　伝えたいことがひとつもなくなった日に

どこからでも切れるような身もてあましコンビニエンスストアは晩夏

ラブホテル排水溝から溢れだす誰かの喘ぎ、生きてって思う

すごい雨。ってきみがわらう　明日だって明後日だってわたしがすごい雨になるからわらって

ありがとうすこしだけ弾いてくれたギター花瓶の水が震えてたこと

目覚めれば羽虫のような愛しさを閉じ込めたまま止めるアラーム

生きる側の人間になる　夕暮れにながく使えるお鍋をえらぶ

ハローワールド

大きくなったら頭いい人になりたいな　スト缶飲んで眠るベランダ

ベランダに出しっぱなしのサンダルのように泣いても泣いても泣ける

晴れなのに雨の匂いがしてうれしい　いまから幼馴染になりたい

明け方にあなたの名前叫ぶときだれもわたしを守れなかった

お焼香できないままで死ねたなら　あたまが梅雨を吸いこんでいく

部屋なんか掃除するから本物になれないんだって毛布へ沈む

年下のバンドを好きといえなくて俯いた日の続きにひとり

半透明の水を抱えて会いにいく　傾くときの銀河の匂い

輪郭のふやける肌にひとすじの朝日のようにある体温計

ＣＭのためだけにこぼされているケチャップのしみ　笑顔で生きる

左脚のばしてつけた扇風機の羽が真円になるまでを見る

原始星　どんどんばかになっていくあなたのとなりでねむったりして

酒飲んで街路樹に頭突っ込んでわたしはわたしになれるだろうか

死後の町に回り続ける観覧車、音がなくなってたくさん笑う

ぬくもりと痛みはとおく交わって煙草しずかに押しあてている

この曲を覚えていたい　あなたとの日々を消したい　心になりたい

おわかれのローソン前の電話ボックスの水槽みたいにゆらめく光

蹴っ飛ばされた水がカーペットに染みてそれから乾いて消えてそれから
自殺防止の広告は漢字だらけで、　いいなこどもが自殺しないとおもってるよう
なひとたちは

パパの煙草抜き取った夜のとうめいな心　雨だけが気付いてる

日能研のリュックにぶらさがっているミッフィーずっとずっと目が合う

裏口の引き戸の脇のどんぶりに溜まる雨水　死にたくないよ

お風呂あがりの可愛いわたしときどきは可愛いわたし　傷付けて寝る

いつまでも少女でいてとコンタクトレンズを踏みつぶすような祈り

だってきみは猫舌だった

言い訳に知らない人の死をもって授業へむかう朝の改札

さよならをしたね　シーツに三葉虫みたいな跡を残したまんま

もうすぐでしあわせになれるひとたちが白線の内で不幸をえらぶ

ちょうちょうが（しぬためにとんでいることをだれにもきづかれないで）ひらひら

だってきみは猫舌だったやさしくもやさしくなくもなかったきみは

よりみちの日の駄菓子屋はなくなってLARK7mgの踏み潰された、

あげるって言われたぜんぜん可愛くないヨーヨーの色を思いだしたい

すこしずつひろがってゆく金網のほつれのやさしい冷たさ屋上

クーラーをつけない昼間だれかへの愛情としてきみは寝ている

本棚のない部屋がすき　生きかたも愛されかたも知らないでいて

「もう人生棒に振ろうよ」寝ころんだ白ワンピースの裾ひるがえる

そとがわをことばをかぜをとかすままだめになりたい　せなか洗いっこ

アルバムのきみのうしろにうつりこむ老人はもう死んだだろうか

いままでもこれからもない部屋にいてきみのみつあみをなんどもなんども

ここがいちばん安心できるといいながら泣きながら作りあげてゆくここ

制服でライブハウスに向かうとき目にみえる終わりを愛してる

みんなみんなひざをすりむいてきたんだし夕焼けをみていたって良いんだよ

いつかきみを殺したとして秋風はあくまでもやわらかく吹いてゆく

えんぴつのキャップをうめた公園の土の匂いが誰かを犯す

大丈夫になってゆくこと　くちびるはかたちをいくつか置きざりにして

葬式で出会ったきみの葬式で出会ったきみの葬式の夜

だんだんと消えていくあざ　きみがみたことないからだで花束を買う

II

八月三十二日

ふれたことないはずなのにくさぶえを吹いてる　たぶん死がやってくる

潰された蚊から出ている赤色はこの蚊のものではないということ

飛びこんだあとのホームの混雑にはじきだされたひとがまた死ぬ

じぶんから近づいてきたふらふらの蚊を潰せずにちいさく謝る

ひまわりが腐りかけてる　あしたからピアノが弾けないかもしれない

色褪せた毛布を捨てられないような日々であるただそれだけである

むりやりに光にならなくていいとあのとき言ってあげればよかった

水槽の匂いの駅に気づくときわたしまみれのわたしのまわり

この名前くれたひとには一回も呼ばれぬままで十九になる

終電のトイレにしらすがおちていた。かみさまだっていきものなのか。

ふかづめ

ほっぺたをギターケースに押しつけて寝ころんでいる夏のアパート

あ　たれる　ゆるゆる動くふとももののひっかき傷のかさなるところ

昨晩のカレーを温めるあいだ静かにすすむきみのエロゲー

ていねいにわたしを殴るきみの手は五時のチャイムにすこし似ていた

扇風機つけたまんまだ〈弱〉にしたまんまで自殺に出かけたんだね

目の前に捨てられているお弁当　目の前に捨てられていないお弁当

壁際に放られているフェンダーのだんだんつもるほこり、と、

六弦をなぞってみればふかづめにはさまっている焼香の屑

懐かしくなれたりなんか、シケモクをぜんぶぜんぶ吸っても、クソだ死ぬなんて

そういうのがとてもやさしいひとだったかたいゆびさきでとても　とても

バーカンの安いウォッカが二千年物になってもきみを待ってる

どうせまた夕陽はきれい　いつだってきみに死ねっていわれたいのに

セブンスター、あるいは永久歯

たとえば水が錆びる日だってここにいる（わたしあなたの夢ならいいね）

火を点ける一瞬すこし上向きになる顎　湿気ばかりの晩夏

ここは三〇五号室　朝方のあなたはどれだけ酷くてもいい
消毒ののちにまた殴られることはこりのような雲は流れる
甲子園観ながらだった途中まで埼玉代表が強かった

永久歯は折れて、　わたしたちは生まれてしまって、　夏空のしたにいた

らんらんらんらんらんらんらんらんらんらんらん向日葵が黒い種だけになる

うずくまり中央線の音をきく未明　わたしは冷えた墓石

幸せな気持ちをこんなに集めてもまだ死にたいね　さみしい朝だ

誰からも殺されないで死ぬことの惨めさがある　シーツを握る

ベランダの側溝に灰落とすときひかりを映す中指の爪

記憶とはわたしを殺す日々のことシロツメクサを手折って帰る

ひかる積乱雲

好きだった、って思えばひかる積乱雲　きみが嘘つくときの可愛さ

鼻かんだティッシュもらって卒業式みたいに飾る　朝、きちゃうね

永遠に薄めるカルピス　人として好きだからって何回も言う

改札で指をほどけばここにだけ浮かぶほのかな潮風がある

しろくまばゆい　世界が終わる祝日の商店街の島村楽器

ずっと好きでいたかったけどばかみたいに続いてく地下鉄の階段

夭折はできなかったな　車窓からみる向日葵はきれいに枯れて

コンビニの袋が揺れる　そうやって変わっていくなら死ねばいいのに

錠剤をメロンソーダで飲みほして夏のさいごは自分で決める

III

Splitting of the Breast

やわいとこずっと刺される　ゆめだから／ゆめなのに　血はとばないでだら
だらたれる

そう　ひかりとっておいたの　ゆめだっていいからその心臓をみせてよ

ぴちぴちのにんげんのおどりぐいですよ。ゆめのテレビがたのしげにいう

廃校になった小学校の名の〈ミイラのつくりかたずかん〉読む

いま皮をいれたい、とても、ばあちゃんがチラシでつくった屑入れ箱に

初夏の神社を駆けるクリーニング屋のハンガーぶらさげながら

帽子からはみだす髪をみつめてた　プールのあとの熱いおしっこ

おつかいのはちみつ風味シロップを買うときいつも隣をみない

ごめんね。計算ドリルにはじめてのおなまえをかくそんなきもちへ

立ち読みをした小説の装丁のきらきらだけは一緒に帰る

デパートのお茶の匂いを嗅ぎに行くママと手をつないでる気になる

もう誰も怖がらないのに老人が何度もなんども語る怪談

爆竹を口に突っ込まれる蛙になってべつにいいよといった

吐瀉物でひかるくちびるいつの日かわたしを産んで　まだ死なないで

見学のプールカードを書きあって眠ればうすく透けゆくまぶた

半分になっても生きるカブトムシ何度も踏んだ　泣けないように

麦茶からすべてのひかりがこぼれだす　プールサイドであなたがわらう

しゃんぐりら

ふたりきり橋を渡ったことがある境界のうえ笑って　あれは

くずれるしぃいね積木は　時間ごとあなたを好きになった春の日

薄い舌のうえでパピコの蓋あける　同じとこからうまれたかった

地下鉄の隅を流れる黒い水　あなたが生きても死んでもいやだ

六十七日雨が続けばあなたの手をにぎる　連れ去る　世界が終わる

ふたりきり足をからめて眠る間にひとはほろびる　世界がうまれる

まばたきで夜のひかりをかき集めうれしいお墓をつくりたかった

あ　だめになるからみんなきれいだな　ぶちまけた灰がはらはら舞って

青い魚が釣りあげられる夜だれが口にしているだろうあなたを

みえるかみさまがみえなくなっただけ　電球くるくるまわして外す

可愛い喪服たくさん買って毎日着たい喪服が似合うのはかわいいってこと

おばあさんになってくあなたをみたかった　薄明みずの匂いに満ちて

夢のなかちゃんと進んでいく日々の煙草がパーラメントに変わる

花束を冷凍室に詰め込んではほろびる春はプールの匂い

もうずっと十九なんだ永遠の春のなかパインジュースを飲んで

かなしみがあけてもここにあるだろう手持ち花火で書いた♡は

しゃんぐりら　しゃん　しゃん　死なない朝だって自分でえらんだ気がしてるだけ

酔ったとこみてみたかった　天国のおさけは酔わないからだめじゃん　ね

ゆでたまごの小さくくぼむあそこにもあなたがいたことを忘れません

ほんとうに笑うときだけみえる歯の　アイドントキルユー　ずっと好き

もう誰の記憶にもならないでいて　湯気、鏡に映って消える

梅の花たしかに散っているんだね　とおくであなたが母親になる

はじめての朝をわたしたちは忘れていいまた雪が降って彼女たちにはじめての朝がある

あなただけ煙草をやめた日のように（死ぬことは降ること）花になる

わたしの幸せがわたしの頭の外にもあったらいいのになあ

三月の双子素数

ベランダがしずかに軋む　葬式に行く朝だって手をつないでた

泣くことに集中をして泣く人の顔を眺めているきみの顔

ばりばりと砕かれているわたしたち生きてても死んでてもずっとおせんべい

背伸びしてはずすカーテン　本棚のあとをやさしく照らす白日

段ボール点々とあり三月の双子素数のように眠った

こたつからそろそろだして冷ます足　地球のあくびみたいな昼間

海になる　そこから見ればミサイルも光のような耳鳴りだった？

内覧のときまであった本屋さんきれいな土になって花冷え

クリームチーズすくって食べるキッチンに息継ぎのように落ちる水滴

あおい火葬場

うっすらと冬の日傘のあるようにやさしさからもあなたを守る

（心臓はどうする？）（あげる。）寝ころんで記すカードに丸は歪んで

哲学を海に溶かしてふたりきり互いのまつ毛だけをみていた

各国《ふるさと》の言葉で話す日雇いの「いっせーの」だけはみんなで叫ぶ

ひとり乗る高速バスの窓外のあまりにきれいな靴ひもの白

好きな子の結婚式の話　うん、降れば降るほどきれいに凍る

さようなら冷えた電柱いちどだけ裁かれたいと思った道の

ちいさくてあおい火葬場あるんかな　そこがいいよね　燃えるんならね

街じゅうが生物室になっていく降るならばどんなものもまぶしい

彗星のかがやく水を連れだしてあなたのなかに沈める夜更け

たくさんの光のなかでたくさんのうさぎを抱いた　めざめれば雪

ゆめぎわだ　永久歯ってうそみたいな名前だねってあなたがわらう

Ⅳ

さよならぼくのともだち

玉川上水歩いてゆけばぼんやりと脳みそ消えてもいいなと思う

花粉症だったからだのまわりにも花が置かれてみんな燃えてく

生きることうれしくてずっとお酒飲むうれしくなくてもずっとずっと飲む

若いひとの葬式ばかり行っていてだんだん若くなくなるわたし

飲むたびにゆっくり狭くなる川のほとりにきみだけが立っている

月には雲が雲には煙が煙にはきみが重なる　ぜんぶおわるの？

三時間気絶してから起き上がる　ふたつの月に照らされている

ゆずり橋　しゃがみこんでも大声で笑ってみても現実だから

吸いさしの煙草を踏んで朝焼けに殴られたままぼけっとしてる

微笑めば過去はだれかの神になりすこしずつ流れていく夏雲

ばかみたいな蟬の声だな　ばかみたいに歩きまわってお墓を探す

サンリオのバケツで水を汲んでいる　蟬の鳴き声だんだん変わる

八月へ　生まれなかったからずっと枯れないままの花束まぶしい

心臓に墓標を立てられないことはわかっているから笑ってほしい

終わるならU.F.O.CLUB　きみといた真夏のボロい灰皿の横

わんぱくランド

メリーゴーラウンドふたりのためだけにまわってくれる　生きてゆけるよ

屋上のうえの観覧車のうえの誰かがわらう夢をみたこと

わたあめをつくりっこするだんだんと真剣にする　きみを信じる

いっぱいいいっぱい写真を撮ってそれから消した　きみの髪揺らした風はどこへ行ったの

大好きだった　ここに全部置いていくね　駆けてゆけすべてのポニーたち

ヘヴンリー・ヘヴン

空港の長椅子でみる夢これはポニーテールをあなたがほどく

朝焼けに浮かぶ階段　空港でねむるときだけあなたに会える

目覚めたくないのがしあわせな夢なら。生きてる人に泣いて謝れ。

空港の朝焼けがすき　みんなどこへ帰るのここに空港に住んで

TULLY'sの看板ひかる　人間は空港がみるいいほうの夢

菜の花

また夢で会えたね。きみは洗濯物適当に干すしわたし怒ってた

ずっと本当ばかりの地球がよかったな　花畑でする葬式ごっこ

まっすぐにひとりになっていく朝の羽衣アンダーパスの透明

きみの歌うたってきみを思いたいふとサイダーをこぼすみたいに

右肩の綿毛をはらう　わたしいまこんなにゆるされないことしてる

公園でピアスあけっこした春に倒れてた食べかけのチョコボール

くちびるにフルーツ牛乳ひからせて天六の銭湯ずっと好き

愛が重い（笑）って書かれたプリクラが本棚の隅にある昼ひなか

ベッドから降りればあの街にきみを残して　洗濯物ゆれている

どこにいたって阪急神戸線に乗りまぶしい顔を覚えておける

V

天才じゃなくても好き

天才じゃなくても好きっていったことごめんね　きれいなドライフラワー

歌詞を忘れてだんだん楽しくなっている顔そうやって生きてなよもう

安物のお酒みたいな夕焼けが溶けていく　ゆるされるだろうか

たばこ屋の奥の正月番組の強めのボケの声だけ聞いた

電柱に洗濯物を干している結構かっこいい男の子

ともだちが生き返るよりわたしが死ぬほうがはやいか　牛乳１９８《いちきゅっぱ》円の日

すぐ閉まるコンビニずっと潰れないで。ひかりが追ってくる夢みてる

鍋底の殻の割れ目のびゅるびゅると溢れる白身　生きていたこと

ほんとうみたいのみたいがだいじＰＡの横で飲んでた薄いビールも

まぶしいよ　きみが毎日怒ってた江古田の部屋のキッチンシンク

死んじゃった人とひとつになっていく　つまらん日々をいちいちこなす

コードの癖がばれていくように好きだった燃えないごみの火曜日の朝

下北沢23時17分

半チャーハン食べつつきみのＴシャツと目が合っている夜の珉亭

月のこと見えない部屋に引っ越してきみはなんでもできてかなしい

ぶんぶんと回ってしがみついていた深夜の羽根木公園の愛

25℃　花火を沈めるときの音　遠ざかることがうれしかったな

鯛焼きの湯気がみえなくなるまでをゆっくり歩く環七通り

煙草入り缶チューハイが倒れてる　ふたりはふつうに暮らしましたでした

宛を様に書き換える感じの茶番たまにはずっと死なないみたいに

星に名があってこわいよ　きみだけが眠った部屋で割る生卵

風のない夜にはほのお分けあって燦々はなす暴力のこと

生き返ることに失敗したように容器の隅にこびりつくネギ

花火振りまわして焦げた銀杏《ぎんなん》ＢＯＹＺのＴシャツつぎの夏へと運ぶ

よっぱらってきみがバス停に抱きつく　たましいみたいなビニールがとぶ

Twin Reverb

教会と思うあなただ　微睡みに名を呼ばれてる日曜の朝

怪獣になったら最初に踏んであげる目覚まし時計をひとまず止める

窓際で四弦を張り替えている睨むみたいな顔に木漏れ日

いま白い翼があれば大空を飛んだりせずにあなたをつつむ

雨予報　洗濯物を寝室に干して寝室は雨の匂い

27クラブの話して目玉焼きの黄身なでている箸

とれかけのボタンの糸を切るようにそれでもポケットにしまうように

落ちきった柿に染まった道端を朝がたの雨がみずみず照らす

かすみ草一本だけでも買えるかなって言いながら花屋通り過ぎてる

恋人に小さな嘘をついた日に見ていた再放送の相棒

demo.03 の「きみ」が誰だかわからずに口ずさんでるシャワーが痛い

夕暮れの国道沿いのヘルメットの血液型の太いゴシック

少しずつ強くなってく雨のした犬のうんちがふやけて消える

乗り換えの階段を駆けあがるとき大きく揺れているギターケース

地下鉄２番出口あなたは振り向いてはるかな白のなかで笑った

桃色のピックくわえてスローモーションのように頬にかかる髪

いくつかの未来のことを話すときかすかに届くファズの歪みは

しあわせなときはわすれていて、と言い柔らかな針差しだしている

ほんとうのことはあなたの裏返すお好み焼きの円　冬の日の

ブランコだけの児童公園壊されて性愛の曲を抱えて歩く

川岸で飲むコーンスープ何を決めるわけでもないけどじゃんけんをした

音楽をしている人、と答えればこころは雪の匂いの原野

路地裏でうれしいよ月のひかりとかラーメン屋さんの排気を浴びて

結婚式終えたからだできれい、とても。絶望のことを歌うあなたは

ふたりいてただ暮れていく休日のサービスエリアのうどん眩しい

誰をまた待っているのか空っぽのコインランドリーでするうたたね

スタジオの裏で飼ってた猫が噛む何の肉でもないような肉

俯いて歩くわたしを指すような道端の軍手黒ずんでいる

枝だけの街路樹　いつかマーチンを脱いで立ち漕ぎしてくれたこと

枕辺の換気口からほのほのと煙を浴びて夜が流れる

身体《みずから》に触れ得ぬ場所のあることを希望と思う　寝返りをうつ

かぼちゃ茹でるときの匂いを思ってる　ベッドのなかまで差し込むひかり

あの夜に泣いた詞でまた泣いている　こころが五角形だってわかる

キッチンの床に背骨は冷やされる　シー・イン・ザ・　月の子どもを産めば

浴槽は方舟として、その日にはあなたとあなたの猫を見送る

泥濘を歩めば淡き小屋がありあなたが生まれるまえの静寂

みつけてってちいさくいった　明け方の六畳で髪乾かしながら

遥か、と呟いてみるかえりみち胎児のような橋をくぐって

解説　心の命綱としての短歌

東　直子

藤宮さんの短歌には、死の気配が常につきまとっている。死を題材にした歌が多すぎることを本人も強く自覚していたが、藤宮さんが短歌を作る必然性と密接に結びついていることでもある。死を考えること、描くことは、背中合わせに存在するその生を考えること、描くことでもある。いくつもの死を身近に体験してしまった若い作者の、心の命綱として短歌という詩型が選ばれ、生きていた人の記憶を、今生きている自分を、この世に繋ぎ止めようとしているのだ。

一首一首に封じ込めた時間の中の痛切な想いに、胸を締めつけられる。ただしその「想い」は、愛や恋や友情などと一般化的な分類はしがたく、渾然一体となっている印象を受ける。散文のようには分かりやすくないが、連作ごとに淡いストーリーがあり、それぞれの登場人物への感情が、歌の響き合いによって膨らむ。連作仕立てであることの必然性を強く感じる歌集でもある。

連作単位で作品を繙いてみたい。

冒頭の連作「そのみずうみに浮かぶものたち」に次の歌がある。

ふくらかな向日葵のくき手折りつつきみが子どもを産む日をおもう

夕立に濡れるスカート（わたしたちだけはこどものはずだったのに）
互いには満たしあえない空白としてぼんやりとうかぶ子宮よ
これは異性のための表情（待って）（もう行こうよ）（わたしたちでいたいよ）

いとしい存在として見つめている「きみ」は女性で、「わたしたち」として描かれる「わたし」もまた女性である、ということが、これらの歌を合わせて読むと分かる。無邪気に仲良くいられた少女の時代を経て、成長と共に特別な感情が芽生えた。そして同時に、絶望に似た諦念がよぎる。この連作は、その心の揺れが繊細に描かれている。生殖にはつながらない関係の切なさを、喪失していく時間の中で立ち止まり、ひっそりとつぶやくように歌にしているのだ。

汚物入れに群がっている蠅蠅よ聞いてわたしも人が好きだよ

「人々」と複数の人間を表現するように複数の蠅を「蠅蠅」と呼び、蠅と人間を並列の存在として呼びかけている。「聞いて」と、「蠅蠅」に話しかけつつ、誰にともなく呼びかけてもいるようにも取れる。人間の汚物入れに群がる蠅は、人のことが好きだという前提のもと「わたしも人が好きだよ」と伝える。行き所をなくした「好き」の究極の告白だと思う。連作の最後に置かれたこの一首に、覚悟を決めた孤独を感じた。

次に続く「夏が終わったら起こしてね」の一連には、ラブホテルの歌が三首点在している。

ラブホテルへんなかたちのいすこれは胎児のかたち。ひかり滲んで
ラブホテルひろくてひろいお風呂場はどんな夜でも花火ができる
ラブホテル排水溝から溢れだす誰かの喘ぎ、生きてって思う

ラブホテルの既成概念がくずれるユニークな切り口である。閉ざされた愛の空間が、そこに息づく命のための祈りと希望の場所として新鮮に感受できる。これらの歌のまわりに、やわらかくて苦い情感を放つ秀歌が置かれている。

空腹をたしかめあって離す耳　このまま井戸になってねむって
首すじのバターの匂い吸い込んでいつか少女であった日のこと
しんじゅう、と呟くきみのくちびるは解体工事の騒音のなか
鳩死んでる。って振り向いた頬ふくらかに潰れたような朱い夕焼け
すごい雨。ってきみがわらう　明日だって明後日だってわたしがすごい雨になるからわらって

いずれの歌にも、死の予感につながる不安と不吉さがあるが、遠い未来から過去をみつめてい

るような冷静で透明な視線も感じる。空腹、首すじの匂い、騒音の中でうごくくちびる、夕焼けに染まる頬、豪雨の中の笑い声。肉体と共にある「きみ」の鮮明な記憶が、深い思い入れと共に永遠になる。

　これらの歌と対照的な、激しい暴力性を伴う一連もある。

消毒ののちにまた殴られることほこりのような雲は流れる
甲子園観ながらだった途中まで埼玉代表が強かった
永久歯は折れて、わたしたちは生まれてしまって、夏空のしたにいた
らんらんらんらんらんららんらんらんらん向日葵が黒い種だけになる
うずくまり中央線の音をきく未明　わたしは冷えた墓石

「セブンスター、あるいは永久歯」から連続する五首を引いた。テレビから夏の甲子園の試合中継が流しっぱなしになっている部屋で、永久歯が折れるほどの暴行を受けた体感が生々しく描かれている。雲も甲子園も向日葵も中央線も、この世に同時に存在していることを認識しつつ、とても遠いものとして意識しているのだろう。自分を「冷えた墓石」として、意図的に麻痺させることでしか生存を続けられなかった心の証言なのだと思う。

おばあさんになってくあなたをみたかった　薄明みずの匂いに満ちて

もうずっと十九なんだ永遠の春のなかパインジュースを飲んで
かなしみがあけてもここにあるだろう手持ち花火で書いた♡は
酔ったとこみてみたかった　天国のおさけは酔わないからだめじゃん　ね
ゆでたまごの小さくくぼむあそこにもあなたがいたことを忘れません

「しゃんぐりら」二十五首では、十九歳で死んでしまった「あなた」を、過去回想として歌に焼き付けている。圧倒的な喪失体験を、感傷を中心に据えるのではなく、慈しみとしてつつみこむように、語りかけるように歌にしている。魂から直接こぼれた言葉だと思う。「ラブホテル」の歌の中で咲いた花火が、胸の中の永遠の花火としてもう一度咲く。

花粉症だったからだのまわりにも花が置かれてみんな燃えてく

連作「さよならぼくのともだち」から引いた。「ともだち」の葬儀に参列した折りの歌である。棺の中で献花に囲まれる姿を見て、花粉症で辛そうにしていたことを思い出した。もう花粉のことなど気にせずにすむ身体が、花々と共に焼かれていく。すべての苦しみから逃れられることの象徴として、アイロニー込みの祈りでもある。

27クラブの話して目玉焼きの黄身なでている箸

「27クラブ」とは、ジミー・ヘンドリクスなど、二十七歳で死亡したミュージシャンやアーティストや俳優などの一覧である。夭折を切実に意識する感覚が、目玉焼きの黄身をなでるというひりひりした感覚に繋げていて、比喩として秀逸である。「ともだちが生き返るよりわたしが死ぬほうがはやいか　牛乳１９８《いちきゅっぱ》円の日」「生き返ることに失敗したように容器の隅にこびりつくネギ」といった歌のように、死生観と生活の細部が絶妙に響き合う点にも着目したい。

最後に、どの連作にも属さない、冒頭の一首について。

　寝ころんであなたと話す夢をみた　夏で畳で夕暮れだった

「あなた」は、特定の人を想定しつつ、自分をとりまくすべての人でもあるのだと思う。他者に翻弄されつつも他者を受け入れ、その謎を愛したいと願う、藤宮作品の源泉のような歌だと思う。

あとがき

短歌は、失ったすべてのものにもう一度会うための場所でした。

ふと消えてしまったものの影をどうにか捉えること、それを自分自身の手で再び殺すこと。そうしてわたしは、そこにある何もかもとひとつになりたかったのかもしれません。ただ手をつないでずっと一緒にいたかったのかもしれません。でも、大切なものはいつだってきれいなままでわたしのなかを通り過ぎてしまって、十代が終わっても人生は続いて、言葉では誰かに触れたりできなくて、だからこの本は、忘れていくことや消えていくものたちを残しておくための精一杯の自分勝手です。

生きることも死ぬことも、取り返しがつかなくてまぶしい。そう思えたから、わたしは短歌をやっていてよかったし、生まれてきてよかったです。

二十五歳　春

藤宮若菜

■著者略歴

藤宮若菜（ふじみや・わかな）

1995年生まれ。
2012年、福島遥の短歌に出会い本格的に作歌を始める。
日本大学藝術学部卒業。

「新鋭短歌シリーズ」ホームページ　http://www.shintanka.com/shin-ei/

新鋭短歌シリーズ53
まばたきで消えていく

二〇二一年六月十日　第一刷発行

著　者　藤宮若菜
発行者　田島安江
発行所　株式会社 書肆侃侃房（しょしかんかんぼう）
〒八一〇 - 〇〇四一
福岡市中央区大名二 - 八 - 十八 - 五〇一
TEL：〇九二 - 七三五 - 二八〇二
FAX：〇九二 - 七三五 - 二七九二
http://www.kankanbou.com　info@kankanbou.com

監　修　東 直子
装　画　沙糖5《ムグラ》
装　丁　藤田 瞳
DTP　黒木留実
印刷・製本　株式会社西日本新聞印刷

ISBN978-4-86385-468-0　C0092

新鋭短歌シリーズ ［第５期全12冊］

今、若い歌人たちは、どこにいるのだろう。どんな歌が詠まれているのだろう。今、実に多くの若者が現代短歌に集まっている。同人誌、学生短歌、さらにはTwitterまで短歌の場は、爆発的に広がっている。文学フリマのブースには、若者が溢れている。それればかりではない。伝統的な短歌結社も動き始めている。現代短歌は実におもしろい。表現の現在がここにある。「新鋭短歌シリーズ」は、今を詠う歌人のエッセンスを届ける。

52. 鍵盤のことば　伊豆みつ

四六判／並製／144ページ　定価：本体1,700円＋税

夜明けが、雨が、そして音楽が――
言葉になる瞬間を見に行こう。
〈あなた〉と深く、指をからめて　――黒瀬珂瀾

53. まばたきで消えていく　藤宮若菜

四六判／並製／144ページ　定価：本体1,700円＋税

命の際の歌が胸を突く

残酷すぎるこの世だけれど、人間を知りたいと願っている。
肝を据えて見つめ直す愛おしい日々。　――東 直子

54. 工場　奥村知世

四六判／並製／144ページ　定価：本体1,700円＋税

知性を持った感情が生み出す言葉は強く、やさしい。

そっと鷲掴みされた工場と家庭の現場。
「心の花」から今、二人目の石川不二子が生まれた。――藤島秀憲

好評既刊　●定価：本体1,700円＋税　四六判／並製／144ページ（全冊共通）

49. 水の聖歌隊
笹川 諒
監修：内山晶太

50. サウンドスケープに飛び乗って
久石ソナ
監修：山田 航

51. ロマンチック・ラブ・イデオロギー
手塚美楽
監修：東 直子

新鋭短歌シリーズ

好評既刊 ●定価：本体1700円＋税　四六判／並製（全冊共通）

[第1期全12冊]

1. つむじ風、ここにあります　木下龍也
2. タンジブル　鯨井可菜子
3. 提案前夜　堀合昇平
4. 八月のフルート奏者　笹井宏之
5. NR　天道なお
6. クラウン伍長　斉藤真伸
7. 春戦争　陣崎草子
8. かたすみさがし　田中ましろ
9. 声、あるいは音のような　岸原さや
10. 緑の祠　五島 諭
11. あそこ　望月裕二郎
12. やさしいぴあの　嶋田さくらこ

[第2期全12冊]

13. オーロラのお針子　藤本玲未
14. 硝子のボレット　田丸まひる
15. 同じ白さで雪は降りくる　中畑智江
16. サイレンと犀　岡野大嗣
17. いつも空をみて　浅羽佐和子
18. トントングラム　伊舎堂 仁
19. タルト・タタンと炭酸水　竹内 亮
20. イーハトーブの数式　大西久美子
21. それはとても速くて永い　法橋ひらく
22. Bootleg　土岐友浩
23. うずく、まる　中家菜津子
24. 惑亂　堀田季何

[第3期全12冊]

25. 永遠でないほうの火　井上法子
26. 羽虫群　虫武一俊
27. 瀬戸際レモン　蒼井 杏
28. 夜にあやまってくれ　鈴木晴香
29. 水銀飛行　中山俊一
30. 青を泳ぐ。　杉谷麻衣
31. 黄色いボート　原田彩加
32. しんくわ　しんくわ
33. Midnight Sun　佐藤涼子
34. 風のアンダースタディ　鈴木美紀子
35. 新しい猫背の星　尼崎 武
36. いちまいの羊歯　國森晴野

[第4期全12冊]

37. 花は泡、そこにいたって会いたいよ　初谷むい
38. 冒険者たち　ユキノ 進
39. ちるとしふと　千原こはぎ
40. ゆめのほとり鳥　九螺ささら
41. コンビニに生まれかわってしまっても　西村 曜
42. 灰色の図書館　惟任將彦
43. The Moon Also Rises　五十子尚夏
44. 惑星ジンタ　二三川 練
45. 蝶は地下鉄をぬけて　小野田 光
46. アーのようなカー　寺井奈緒美
47. 煮汁　戸田響子
48. 平和園に帰ろうよ　小坂井大輔